가을날 저 황금나무가

가을날 ∘ 저 황금나무가

오수일 시선집

한티재

시인의 말

이 가을날,
문득 네 모습이 떠올랐다.
팔순 맞아 시선집을 엮겠다는 소식에……

천구백칠십일 년부터 삼십오 년 동안
교직 생활을 하며,
결혼도 하고 자녀들도 키워 왔지만,
어허, 문턱이 보이는 것 같다.

십 대의 젊은 날부터
밤낮없이 울며 쓴 시詩라 하지만,
사는 것은 허전하기만 하네.

우리 오늘
저 황금나무와 눈 한번 마주치고
웃어나 보세!

2022년 10월
고향 바댕이에 돌아와

차
례

○ 2부 ○ 가을이면 당신도 물들 겁니다

○ 4부 ○   **바댕이를 위하여**

◎ **시인의 산문** ◎

ㅇ
1부
ㅇ

사
랑
녀
이

가인 佳人

쓸쓸한 날은
눈물도 저 혼자 아름답다.

가둘 수 없는 마음
바람에 나부끼니

가도 가도 사랑은 시오리 길.

목마른 꽃 피워 물고
섰는 산마다

꿈빛에 타는 너의 목소리.

천 년에 잠든 강머리
등불로 걸어 놓고

오늘은
꽃잎처럼 그리운

몸짓만으로 몸짓만으로.

가을 일기

너, 어디쯤에서
들머리 종소리에 어둠을 걸어 놓고
텅 빈 거리를 돌아
몇 개의 낙엽을 손에 드는가.

가고 오는 인정의
가볍게 흔들리는 한때를
아직은 말없이
젊은 날의 강가에 씻고 있는가.

다정한 이웃들이 돌아간
가을 한나절

눈물도 어렴풋이 떠서 흐르는
노을빛
저 아스라한 몸서리.

오늘은

우리의 한반도가 썩 잘 보이는
남쪽 하늘로
내 저문 날의 그리움도 꺾어 묻노니.

손톱을 깎으며

햇살이 눈부신 날은
양지에 나가 손톱을 깎는다.

열 번의 가위질,
열 번의 작별, 어디쯤
내 튼튼한 바람으로
놓아 기른 꽃나무
눈뜨는 몸짓.

더러는 풀숲에 숨고
허공에 떠서
가늘게 흐느끼는
목마른 대낮.

마음도 뿌리로 드러난
손톱 밑에서
반달같이 어여쁜
사랑을 열어 놓고

열 번의 가위질
열 번의 해후.

이런 날은 양지에 나가
손톱을 깎는다.

상달

자수정 물이 든
가을 강
맑은 눈매를
버들 숲 가지에 걸고
숨어 우는 산까치.

나앉은 산자락도
몸이 달아서
꿈꾸듯
빨갛게 익은 숨소리.

나무 하나 물들이는
푸른 하늘로
눈물도 묻어나는
그리움을 두고,

상달에도 초하루
여문 갈밭엔

해 설핏 돌아오는
유채꽃 노을.

몸짓

손끝에 바람이 인다.
너, 어디서
그리운 몸짓에 옷을 벗는가.

세월이 바람 타고
허락 없이 입술을 포갠
오후.

멀찍이 떠 가는 산야의
잠든 순이
그립다.

꽃그늘에 실려 간
지금은 슬픈
사람.

너, 어디서
그리운 몸짓을 보내오고 있는가

손끝에 눈물 어린다.

산방 山房

봉선사운(奉先寺韻)

비가 와도 젖지 않는
적멸보궁.

닫힌 문가에
바람으로 깨어 있어

물소리는 만 리 밖
서역으로 눈을 뜨고

구름도 옷을 벗어
무상으로 푸르른데

풀잎에 어리는 이승
산문에 기대어

어디쯤 허공으로 가고 있는
발자국 하나

보리심 보리심

청산도 한나절 뻐꾹새 울어.

하느님

하느님,
오늘은 하늘 끝까지 가서
당신을 만날까 합니다.

당신이 거기 어디서 무슨 자유로
나를 이다지 그립게 하는지,

그래, 무슨 빛깔을 풀어
이 몸 전신으로 물들게 하는지,

밤이나 낮이나 무슨 손짓 발짓으로
나를 홀로 가게 하는지,

그 무슨 칼질로 결국은
가슴 아프다 소리치게 하는지,

오, 이것은 참으로 어리석은 일이다
끝끝내 이런 말씀이라 해도

당신 가까이 가기는 해야 합니다.

그래서 다음 날은 당신도
당신의 칼자루가 녹슨 것을 닦으며
이 땅으로 끝까지 헤매이면서
어느 때의 누구든 가슴 풀어서
그 모든 사랑을 사랑받게 하고저.

하느님,
오늘은 푸른 하늘 끝까지
당신을 찾아 떠납니다.

흔들리며 떠난 것들을 위하여

흔들리며 떠난 것들을 위하여
풀들은 고개를 숙이고 있음.

몇몇의 말 못 할 사정을
들여다보며
바람은 사투리로 위로하고 있음.

우리는 그 누구도 잠들지 못함.
처음으로,
쓸쓸하여 버린
사랑에 물들기 시작함.

갇힌 것들은 갇힌 것끼리
놓인 것들은 놓인 것끼리
흔들리며 떠난 것들을 위하여
저마다,
알맞은 사랑을 생각 중임.

무량겁無量劫

물소리 울렁이는 산맥을 끼고
열 줄기 강을 묶어 눈이 내린다.

흔들리는 바람 흔들지 않고
눈 뜨고 가로 누워 발자국을 찍는다.

커단 강산 하나 쓰러지며
떨어지는 깊이의 무량겁.

소리 없이 받들고,
열 줄기 강을 끌며 눈이 내린다.

천지에 아득한 힘줄을 물고
아, 무량겁 눈이 내린다.

뻐꾸기가 운다

밤이면
먹물 같은 설움을 한 줌씩 걸러
진달래꽃 무너진
산허리에 묻고
아침이면
북선동 뒷산에 와서
우는 뻐꾸기.

청솔가지 물 먹은 목소리로
잃어버린 고향을
물어다 놓고
오늘은 목이 쉬어
절름절름 우는가.

돌아가지 못하는 사람들 위해
무명 자락 동여맨
허리춤 아래
풀잎으로 흔들리는 가슴을 묻고

얼굴빛도 푸르르게
우는 뻐꾸기.

북선동 뒷산이
잠귀를 열고
그때마다 한 치씩 내려앉는다.

고향은 잠들고

고향은
어린 날 굴렁쇠의
동그라미 속으로 잠들었어요.

대추씨 물리어
시집 가던 누이
고만한 젖꼭지의 부끄러움
발그레 문지르던
우물 주저리
타래실 풀 듯 놓고 간
그리움도요.

콩깍지 애 밴 듯 커가는
우리의 사랑밭 머리
그 보리 누름 냄새만
비껴 부는 바람 속에 남고요.

예닐곱 배고프다

쑥잎을 문지르며
반 놋푼 밀수제비
꺼끌한 눈물
열나절 씹어 대던
사금파리 조각도
노랑태 한 마리로
겨울을 나던 때도
빗장 물린 대문귀에 걸리어
잠들었어요.

지금도
어디쯤 굴러가고 있을
내 굴렁쇠의 어린
동그라미 속
잠든 마을 밖에선
무성한 바람만이 서성거려요.

2부

가을이면 당신도 물들 겁니다

초상 肖像

목이 긴
브론드의 여자
서늘한 비취빛 눈동자
젊은 바다를 이끌고
돌아누운 해안선
바람에 날리던 그
푸른 그리움
새빨간 능금으로 가슴마다
걸어 놓고
노을에 젖는
브론드의 여자
목이 긴
모딜리아니, 나의 여자

가을이면 당신도 물들 겁니다

우리 가슴 양지에
홀로 잠든 사랑 위하여

가을이면 세상은
물이 듭니다.

그리워 눈 감는 당신
가까이

언제나 수정빛 아침
포개어 놓고
흔들리는 오후

가을이면 당신도 물들 겁니다

눈이 오기에

눈발 연신 날리는데
언제일까
영영 가 버릴 날은

생각하면
너도 나도
잠들지 못하는 사람

편지 한 틀
그래, 외롭다
써 놓고 눈은 날리는데

이 밤이 슬픈 것은
그렇다, 사랑보다 눈이 오기에
눈이 오기에

은장도

어찌할 거냐
그대 없는 이 땅에
은장도 한 자루

지킬 것도
버릴 것도
바이 없는 이 땅에

풀잎보다 가벼운
목숨
칼 끝에 얹어 놓고
어찌할 거냐

국어 시간에

방배동 산번지 학교
국어 시간
오뉴월 창밖으로 뻐꾹
뻐꾸기 새로 우니
마흔아홉
눈보라 자욱한 가슴도
터질 듯
찔레꽃 향기
드디어, 열아홉 푸르른
바람이 되네

노트 검사를 하다가

노트 검사를 하다가
낙서 끝에 묻어난 사랑을 본다

창밖으로 날으는
푸른 사람아

어느 하늘 밑이
사연도 없이
그리 그리워
갈피 갈피 꽃잎으로
누워 있는가

그대, 아직은
바람 불고 추워도
아름답다

우이동 소쩍새

소쩍새 울면
우이동은 밤이다.

봄도 늦은 어느 날
물소리 같은 여자와
골짜기마다 풀리는
우이동 소쩍새 가락을 배운다.

소월을 생각하니 소월시 쪼로
— 접동 접동 아우래비 접동
미당을 생각하니 미당시 쪼로
— 눈물 아롱아롱 피리 불고 가신 님아

그대 단표누항에 어리는
사랑을 흔들며
넉넉해지는 눈길로

— 한 표주박 막걸리와

— 한 젓가락 도토리묵

마침내, 우이동 소쩍새는
진양조 가락으로 시름도 걸러 내니

저만치 풍류 잡힌
진달래 꽃가지도
어둠을 놓고 슬며시 웃는다.

눈이 내리고

지난겨울에는
눈이 내리고
옳은 것을 옳다고 말하지 않았네

풀잎에 걸려 쓰러지는
여의도의 달빛을 바라보면서
지난겨울에는
눈이 내리고
이 강산 낙화유수만 불렀네

거리에는 노래기 냄새
정말 노래기 울음소리로
질질질 끌려가다
눈이 내리고
머리칼 빠진 휘황한 도시

바람이 도처에 덫을 놓고
부드럽게 웃는다

눈이 내리고
아아, 다정한 눈빛 밑으로
늘어지는 한 자루 비수

슬픔이 풀잎처럼 엎드린
거리에서
눈이 내리고
갈가마귀 떼가 날아오른다.

세상은 어쩔 수 없이 웃다가
눈이 내리고
닫힌 문을 흔든다
수상한 눈물을 만나고
결국,
우리들의 지난겨울
혼자 넘어진 것도 말하지 않았네

풍류風流

어디로 갔느냐,
길 건너 길
황소 등에 얹히운
피리 소리.

이제 와 돈 깔고
전원도시
풍류 잡는 그늘
그것도 멋이런가

어디 갔느냐
나물 먹고 물 마시던
사람, 그
팔베개 사랑.

얼굴

아내에게

잠이 든 아내의 얼굴에는
빗장 물린 세월로 가득하다.

별빛 하나에도 그리움을 놓고
바람이 차면 눈을 감는다.

그 어디에 쓸쓸한 가슴을
세워 두고 왔는가.

밤마다 밤마다
고향엔 눈이 내려도

은지, 지향, 윤석, 반짝이는
그 여린 사랑밭 머리

물 묻은 손을 닦고, 아내여
오늘은 누구의 꿈을 덮어 주고 있는가.

보살행

어제는 구름에 가려
오동잎에 시를 쓰던
스님
오늘은 어깨를 짚고
여보게,
고해苦海가 따로 있나
우리 술 한잔 하세
깨어 보니
아내가 빙그레 웃고 있네.

달이 뜨네

연이틀 술밭에
살다 보니
얼굴마다 달이 뜨네

오호라, 밝은 달아
어디 어디 떴니?

그냥저냥 사는 것도
힘에 겨워서

왜 사나, 왜 사나,
고개를 드니

산동네 창틀마다
정겨운 시름
막걸리빛 달이 뜨네.

가을날을 위하여

가을날을 위하여
가슴 깊숙이
용수를 박는다.

동동주 바라보듯
반생을 더 기다려도
청정심 한 사발 고이질 않는다.

바람 불고 비 오는 밤
벼락 치듯
이 목숨 정전.

그때에나 한 수저
고이려는가

하늘 우러러 탄식하자니
부끄럽게 살아온
지난날, 거기 떠 있네.

○ 3부 ○

서리가 내릴 무렵

들국화를 보거든

어디서든 들국화를 보거든
저 노란 꽃잎 속에는
네 그리운 사람 눈그늘에
어리는 이슬
아침 햇살에 빛나는 슬픔 있나니

— 생각하시라

참으로 몸부림치는 저녁의 때가
오거든
네 귓가에 스쳐 지나가는 바람 소리에도
이 세상 만나는 기쁨보다는
떠나는 눈물 소리가 묻어 있나니

— 생각하시라

푸르른 입술 다문 누이야 아우야
혹은, 아버지 어머니들의

혹은, 할아버지 그 할머니들의 그늘진 세상
그때에도 들국화는
피어서 흔들리고
짝 잃은 딱정벌레 한 놈까지도
그 곁에 머물지 못해
아우성치는 바람 있었나니

— 생각하시라

살아 생애의 모든 그리움 있었나니
생각하시라

녹차의 계절

찬 서리가 내릴 무렵엔
옷깃을 여미고
먼 산을 색칠하는 버릇
아주 조용히 떠가는 구름이 있어
찻잔을 닦고
녹차를 달이며
한 모금의 따뜻한 눈길을 가꾼다

때론 잊혀진 풀벌레 소리에 얹혀
한없이 행복해지고
때론 먼지 쌓인 책을 뒤적이다가
손끝에서
영혼처럼 사라지는 향기에
잠들고 싶다

저무는 하루
찻잔에 떨어지는 낯선 가을
녹차를 마시며 바라본다

가두고 싶은

그리움 없이도

홀로 기다리는 이 넉넉함

가을 여행

계절은
한 권의 시집으로 펄럭이고

뜰에 지는
낙엽을 보면서
아내는 유리창을 닦는다

이 도시 어디에
따뜻한 곳은 없을까

아내는 유리창을 닦으며
쓸쓸히 웃는다

그냥 떠나고 싶다

문득, 그녀의 손끝에서
빨갛게 타는
가을 열차가 기적을 울린다

겨울이 오면

겨울이 오면
묵은 난로를 닦습니다

추억처럼
녹슨 감정도 지우고
구겨진 마음도 폅니다

파아란 불꽃
가슴으로 오르면
어쩌다 떠도는 모습 따스합니다

한 세월의 얼굴은
지워지지 않으니
반짝이는 슬픔에 눈을 감습니다

삶이 한 줌 보석인 까닭입니다

그 봄은 아니지만

그 봄은 아니지만
살구꽃 마당가에 목련은 지고
푸른 하늘
그리운 눈매
옷자락 나부끼면
귓불이 빨간 아지랑이 피어납니다

촌스러워 사내 녀석 말 못 한
첫사랑
산 너머 달려간 기적 소리에
놓쳐 버리고
소문처럼 사실은 혼꽤 바람이 났지요

그때 그 봄날은 아니지만
그날의 아우성
바람에 날리는 술잔 가에서
정이 든 세상
꽃 핀다고 꽃 진다고

이제 와 봄바람 아우성입니다

사월의 소식

황사에 가려진 산들이 보일 무렵
뜰에는
목련이 보낸
엽서 한 장이 떨어집니다

하얗게 빛바랜 사연에
언제나 눈매가 그립던 사람들이
보입니다

달빛 묻어나는 강가에서
한 백 년

손잡고 걸어간 하늘 끝에서
한 백 년

그리 살 듯이
빨갛게 웃던 고향
만나고 헤어지는 기적 소리가 들립니다

\>

끝내는 눈물에 얼룩져 도망쳐 버린
세월 끝에서
사월은 이제 땅마다
감추어 둔 사연이 피어나고 있습니다

개나리꽃

봄 꽃동네 개나리학교
운동회

노란 별들이 줄줄이 매달려
줄다리기를 한다

영차! 영차!
영치기 영차!

심술쟁이 바람이 "서쪽으로—"하면은
우루루 서쪽으로 쏠리고

욕심쟁이 바람이 "동쪽으로—"하면은
쭈르르 동쪽으로 끌리고

개구쟁이 바람이 "하늘로—"하면은
우하하 와르르 무너지고

"나리— 나리— 개나리—
모두 모두 이겨라!"

산 너머 어깨동무 진달래 함성
하늘도 높다

사계의 기원祈願

봄

봄은 돌아오는 계절입니다
꽃잎바람 풀잎바람 모두 바람나는데
임이여,
이 땅에 숨을 놓고 사는 사람에게도
봄이라
한 치의 볼품없는 뿔이라도 좋으니
그 어디에 보란 듯 새로 바람나게 하십시오

여름

여름은 언제나 가릴 것이 없지만
가진 것 없이
땀 흘리는 사람이 너무 많습니다
그들을 위해
성숙한 포도나무를 심고
뻗어 가는 넝쿨 밑으로 방울방울 이웃들
시원한 인정일랑 열리게 하십시오

가을

임이여, 가을은 조용히 하고 싶습니다
비울수록 가득한 바다 끝으로
이 몸을 머리 숙여 세우십시오
그리하여
채울수록 허전한 가슴 위에는
저문 가을의 빗소리를 듣게 하십시오

겨울

겨울엔 말하지 않습니다
가난한 이들을 위하여
한 잔의 술을 마시고
흔들리며 돌아가는 골목길마다
하얀 집을 짓게 하십시오
이야기가 정겨운 불빛으로
마지막 당신의 창문을 달겠습니다

하나의 꽃잎, 혹은

하나의 꽃잎, 혹은

한 마리의 나비, 혹은

아르튀르 랭보의 짧은
가을

빈 술잔과
빨간 입술의 시집

오늘 너의
가장 애틋한 가슴, 혹은

사랑

추억

가을이 내 몸속을 지나며
반백의 낡은 건반을 두드린다

마당이 좁은 내 사랑 때문에
아버지는
이른 새벽마다 낙엽을 쓸고

자식 하나 기대 산
어머니는
행여나 안쓰러운 눈빛으로 잠드시니

한생에 남기신 무언의 말씀

문득 붉은 잎으로 떨어져
눈물로 죽은 젊은 날을 깨운다

나이 오십 귓전에

봄노래 소리가 들린다

여린 꿈 만지던 시절
솜털 뽀송한 얼굴들
오십 고개 저 언덕 너머로 달려온다
맨발에 검정 고무신 한 짝 들고
민들레 핀 파란 하늘 길
코 흘리며 달려온다
허리춤에 매달린 책보 속에선
하루 종일 종달새가 울고
목구멍에선 꼴깍
배고픈 개울물 소리가 흘렀다
그래도 순이가 좋아지던 열두 살
말 못 하는 나이는
하얗게 흐드러진 조팝꽃
누이야, 기억하느냐
조팝꽃 무더기마다 글썽이던
눈물을

>

책장을 덮고
반백 년 굽은 허리를 펴니
텅 빈 가슴 밑으로
바람 소리 심하고
무너지는 유년의 토담집 교실에서는
지금도 그 노랫소리 들린다

— 목련꽃 그늘 아래서
베르테르의 편질 읽노라……

두물머리를 오르며

저 운길산 너머 그리운 고향
바탱이를 지우고
오늘은 귀에 달린 양수리
두물머리를 오르며 생각한다

몸에 몸을 섞으면
진정 하나가 되는가
이 강물 저 강물
살을 섞는 두물머리를 오르며
한 여자의 꿈을 흘려 보낸다

죄가 많으면
물소리도 종소리로 들리는가
수종사 아스라이 매달린
허공 속으로
바람을 잡고 묻는다

있는 대로 보이니 풀잎인가

생각대로 보이니 꽃잎인가

아직도 닫힌 문 앞에 서서
바라본다
한 마리 기러기 몸짓
저 두물머리로 떠가는 사랑을

다선도방기 多仙陶房記

어디서 만난 기다림인가
어둠과 함께
눈이 내려 내려서

장호원 가까이 낮은 산기슭
녹차 향이 어리는
다선도방에 봄빛이 시리다

질박한 손길로
세상의 옷을 벗은 영혼 위에
몸을 던진다

너와 나의 꿈을 위하여
마른 잎에 시를 쓰고 엮어서
신방을 꾸며 불을 지핀다

말씀으로 빚은 인연만큼
낯선 사연이

아직은 그리운 얼굴로 남는데

밤은 연사흘 남도 소리로 깊고
신방 차린 가마 속에선
천이백 도

천이백 년
사랑이 녹아들어
대보름 달빛으로 떠오른다

이별을 위하여

늦가을의 어느 하루와 같이
우리는 헤어져야 합니다
가지 끝 잎새는
그렇게 떨어집니다

따뜻한 봄날의 꿈
거칠던 여름날의 열정도
가을 뒤뜰에 묻고
조금은 쓸쓸한 빈 가슴으로 말입니다

그늘진 산 깃을 건너
바람 부는 저 하늘을 보십시오
언제나 당신의 소리로 속삭이지요
간다 간다 간다고

우리는 이제 옷깃을 여며야 합니다
맑게 흐르는 강물이
손을 내밀어

차디찬 그리움을 마련하는 계절이기 때문입니다

파밭 가에서

손주 녀석이 웃는다
되게 이쁘네
이뻐서 깨무네
할애비는 깨무는데 녀석은 무네
막무가내 물어

어리게 싸워도 보고 울어도 싸네
아파도 행복은 싼 거여
외손주를 보려거든 파밭을 매라
옛말 치고 그른 말 없다지만
거참 모르신 말씀
요로콤 어여쁜 친구 하나
새로 만나네

소용없는 일은
어느 자손 내일 보고 사랑하리오

무제無題

어느덧
기웃기웃 지나온 낯선
산하에
몇몇 정든 얼굴들이 잠들어

아직은
내 안의 자라 온 이 깊은
그리움
황소 되어 우는데

벌써
저녁놀 붉은 언덕으로
억새꽃 머리에 꽂고
빙그레 서성이는 바람 보이는구나

귀빠진 날

귀빠진 날
어머님이 안 계시다
어디 가셨을까

무심한 세월의 강을 건너
갈대밭 사이
내 잠든 사랑 일구고 계신가

하늘 높이 흐르는 푸르른 바람
옷자락도 눈부신
당신의 모습

따끈한 미역국 한 사발 받아 놓고
어머니
조용한 당신을 불러 봅니다

공원에서

바람 부는 날은 아내와 공원을 산책하다
이런저런 세상 사는 이야기며
노후에 대해서도 철없이
장미의 뜰을 꿈꾼다
계절은 빈 의자에 수북이 낙엽을 떨구는데

젊은 연인들은 눈치 없이 다정하고
유모차를 미는 부부는
알뜰하게 챙기는데
아이들이 행복을 외치는 구름다리 너머
우리는 흘러간 낭만주의 열차를 탄다

살아온 나날, 다가올 내일도
가끔씩 열어 보며
차창에 어리는 모습
건강 제일주의로 결론을 맺고
오늘은 군에 간 아들에게 편지를 써야지
돌아보며 웃는 아내 이마에 가을 햇살이 따습다

황금나무 1

우리 학교 교정에는 황금나무가 있습니다

황금에 눈이 어두운 사람은 볼 수 없는
황금나무가 한 그루 황홀하게 서 있습니다

세상이 공해에 찌들어도 어김없이
녹색의 의상 위로 서서히
황금빛 갈기를 드러내는 나무

떠도는 풍문의 귀에는
동화의 나라 튤립나무라 사랑합니다

그가 바로 우리 학교 교정에 사는 그래서
우리 학생들이 눈부시게 그리운
전설의 황금나무올습니다

가을이 생각의 길을 열면
교정에 떨어지는 눈길은 깊어 가고

우리는 각자 황금나무 아래서 기원합니다

서로가 서로를 마주 보며
사랑과 우정과 의리도 저리 곱게 물들 수 있기를

황금나무 2

올해도 어김없이
푸르던 튤립나무는 황금나무가 되었습니다
황홀해서
노년도 잘만 산다면 저렇게 아름답구나
낙엽 하나 없이 함께 물들어
반짝이는 햇살
바람이 불어와 웃어 주고
생각하기엔
얼마 남지 않은 시간도 넉넉하게 고맙기만 합니다
문득 행복해서
지상에서 사는 날까지
늙은 아내와 어린것들의 눈물까지도
푸른 하늘로 맑게 물들이는
나는 가을날
저 황금나무가 되고 싶다고 생각합니다

옆으로 보기

옆으로 보는 것이 아름다워
말없이
늘 옆으로 선다

바람결에 날리는 시선도 멀리
마주치지 않아
좋은 가슴

그래서 사랑도 남몰래
풀밭에 누워
옆으로 떨어지는 낙엽이 좋다

흘러가는 사람아 옆에서 보니
파란 하늘에 그대
묻어 둔 마음 아직 마르지 않았네

빗살무늬 항아리

빗살무늬로 기대어
눈 감고 사랑했어라

천 년은 나란히
갇힌 어둠 속에서 쌓인 밀어
우리들의 사랑은
만나지 아니하고
강 건너 마주 볼 뿐

언제나 아쉬운 것은 너의 손짓
사랑은
가급적 멀리서 바라보라
결코 보이지 않는 쓸쓸함도
바람에 나부끼리

그대 가까이 오지 않는 사람은 이제
전설로 포개 앉은
빗살무늬 항아리

미공개로 잠든 사랑

9월의 편지

'외할아버지 보고 싶어요'
서툰 글자 더듬어 보니
서툰 세상 태어나는 게 그리움이데요
우리 글 깨쳤다고
네 돌도 채 안 된 손자 놈이
흐린 세상 밖으로 첫 편지를 띄우고
제 할애비 그립다 합니다
삐뚤거리는 글씨 위에서
할애비는 고만
눈물을 빠뜨렸습니다

살면서 얼마나
그리워해야 하는 건지 아직은
이 할애비도 모르는데
우표 두 장 붙여 빠른우편으로 보내 놓고
사투리 답장 성화로군요

오냐

할애비도 어리광 좀 묻혀서
'편지 쓰께!' 하고는
노을 묻어오는 가을 하늘을
아주 멀리 바라봅니다

춘조사 春弔詞

아버지, 아버지의 땅에는
봄이 오는지요
먼 산은 아직 흰 두루마기를 걸친 채 구석구석
바람의 눈치를 보고
저 아래 강물은 모르는 척 유유하지만
목소리가 많이 떨리고 있어요

아시겠지만 '산골 소녀' 영자의 아버지가
세상을 뜨셨다는
참으로 한심한 세상입니다
이 봄은
아버지께서 손 좀 보셔야 할 것 같습니다

곡소리 낭자한 산천에 이름 모를 꽃들
지천으로 아우성치며
착한 영자의 넋을 피울 때
우리는 머리띠 두르고
'사랑하라' 혈서라도 써야겠지요

>

아버지, 아버지의 나라에는
영산홍 꽃 그림자 붉게 흔들리고
눈빛 고운 사슴
산허리에 기대어 외롭다 울어 대는
한나절의 안식을 생각합니다

오늘은 푼수 없는 세상살이
마음 신산辛酸하여
이만 줄이오니 내내 영면永眠하십시오

유년기 幼年期

지지리 못났다고 방과 후 남아서
나머지 공부하고
돌아오던 날
구구단을 외우며 혼자 넘던 고갯길

구일은 구, 구이 십팔
구삼…? 구구구
산비둘기 소리에 문득
'새대가리 고걸로 뭘 하겠니?' 약은 오르고
배고픈 척 벌컥 키던
시냇물 속에
낮달로 떠오르는 그녀의 얼굴
소년은 조선옷 입은 채
엎어져 울었습니다
창피하고 억울해서 막 울었습니다

'밤새도록 외워라, 내일도 남을래?'
순이 고것이 지금쯤 웃고 있겠지

실로폰 연주

해법교실 1

가을은
작은 실로폰 교실

시를 꿈꾼다

갈꽃 피고
빨갛게 단풍 드는 숨소리

시간의 갈피마다
머물다 간 파아란 하늘

손에 손에 감추운
먼 산깃에 걸리는 그리움 같은 거

교실은
작은 실로폰 연주

정다운 교실

해법교실 3

한없이 정다운 교실

그리움도 사랑도 아닌 것이
풀리지 않는구나

잡히는 것은 때 묻은 볼펜
비에 젖고
바람에 불리는 가랑잎

산 너머 오르는 새벽으로
하루를 열고
우리는 모범생 목숨을 건다

공부해라 공부해라 공부해라
인사를 나누고

떨어지는 별똥별을 보면
세상이 우습다

>

아, 졸려서
한없이 정다운 교실

환경 미화
해법교실 4

입시에 찌든 어느 고3 교실

두뇌 피로엔
오미자차, 겹친 피로엔 꿀 쌍화차 구기자차 대추차
조선의 민간요법이라

서양식 음악요법으로
열등감 제거에
베토벤의 교향곡 9번 합창
브람스의 환상 교향곡 4번
쇼팽의 야상곡

스트레스 해소에는 베르디의 가곡

환경 미화는 입시 미화
원색 글씨가 희망처럼 파도친다

그 옆엔 악마의 주문

D-day 100일
입시 일정이 튀어나와 있는데

우리는 누구나 '죽어서 사는 법'을
민족의 저력이라 믿는다

부끄러운 교실

해법교실 5

무너지는 교실에서
교과서를 붙들고
저무는 가을 햇살을 바라본다
이 세상
제멋대로 자라난 그 무엇이 있겠는가

황량한 땅의 풀잎 하나도
저렇게 푸르른데
두 손이 부끄러워 보이지 못하는
교실에서
나와 너는 무엇이 되고 있는가

교과서가 없어서 눈물겹던 아이들
다 늙어 철들었다지만
내 자식 책 찢는 바람 불어도
낡은 책갈피에 누워 하는 말, 그것 참 선생 똥이네

무너진 교실에는

교사가 없다

오직, 불쌍한 어른이

악을 쓰듯 노자의 도덕경을 읽을 뿐이다

사랑가

해법교실 2

비가 내리자
우리들은 교과서를 읽었다

읽어도 읽어도
꿈꾸는 사랑의 해법

보이지 않고

시간의 추리로
온종일 풀잎들은 비를 맞고 있었다

기어이 맞춤법이 지워지고
눈빛 흔들리니

창밖에 계절처럼 시인은 떠나가고

선생님
우리들 사랑은 어디에 있는 걸까요

4부

바댕이를 위하여

먹감나무
바댕이 2

먹감나무 저것이 내 안 같아서
어둡고 서러운 것
안으로 안으로만 삭히고

눈꽃 피는 오뉴월
가슴 아픈 한때를
그리움도 아니게 소리 없이 웃더니

이날은 어이하여
가을 하늘 빨갛게
복장을 치네.

지연紙鳶

바댕이 9

하눌타리 울가에 앉아
먹은 더위를
얼래로 얼래얼래
풀어 올리면
예봉산 목젖 너머
구름빛 가오리로 뜨던 얼굴들
지금은 풀 먹은 바람결로 돌아가
잊은 듯이
하이얀 낮달로 걸리어 있네.

유년기
바댕이 7

상수리알마냥 몰키어
생각 있는 여자애 눈 속 머루알을 깨물던
그 잃어버린 산숲에서
아리운 풋다래랑 여문 개암알을 내뵈키던
그 흔하던 하루에 있어서
지금은 속속히 살고 싶은지 모를 일이 아니다.

제철 다 있던 게 확실해서
눈물 날 만큼 하늘로 달린 홍시를
생떼 속에 푸시던 어머님 앞섶의 폭 넓던 그거와
강안江岸의 물비늘 눈부신 일이
모르게 훌쩍 하늘을 날고 싶더니
그런 것에서도 이제는 내 바탕색이 잡힌 건가.

냇가 강가 볕 따가운 돌밭 위에
반짝이는 소소한 날의 아이는
저 연둣빛 하늘로 물들어져 있는지
그럼, 게서 내릴 그리움 빛살은

어느 때의 어느 것,
몇 줄기나 헤일 것인지
내 몸살은 죄다 이와 같은 것일라.

몽상기 夢想期
바댕이 8

강과 산과 바람의 마을
바댕이
그 사이로 세월이 빗금을 치고
소년은
빗금의 행간마다 엎드려
꿈을 꾼다.

눈비 오고
바람 불고
꽃 피고
새 울고
강은 강대로
산은 산대로

꿈꾸는 푸른 이마를 건너
하늬바람 빗금에
쓸려 간 마을
바댕이.

\>

강물도 가다 가다 돌아본
하늘
어디쯤일까
빗금의 행간마다 갇히운
소년의 꿈이
물 건너 기러기 몸짓으로
잠이 들었다.

미나리밭

바댕이 · 11

동풍이 불 땐 서쪽으로
서풍이 불 땐 동쪽으로
머리칼을 세우며
미나리밭에 앉아서 살았습니다.

밤이면 서울의 불빛
열두 번도
아침 냉수물에 어리는 영롱한 가난
내일은 바람 속에서
강물도 파랗게 살아서 흘러내리고
넉넉히 전선으로 흘러내리고

어린 왕자는
앞산 뒷산 청청한 솔가지의
뻐꾹새의 푸른 신도 신었습니다.

삼시 세 끼 사발가에 떠도는
눈물, 미나리 김치

소나기처럼 쓸려 가고

이제는 아스팔트 지나간
미나리밭에 앉아서
쓸쓸히 쓸쓸히 도시 사람아

숨어도 숨어도 드러나는
아버지의 흰 머리칼을 세면서
유행가 쪼로
동풍이 불면 동쪽으로
서풍이 불면 서쪽으로

달래머리

바댕이 · 17

달래머리 순이
흐느끼는 바람
무명 수건에 어리는
노을 밭에는
들국화 아직도 피어서 웃고

강 건너 솔밭에는
물방울로 터지는
도라지꽃
네, 보랏빛 숨결
숨어서 바라보던 하늘만 있네

눈물잠

바댕이 · 24

귀먹은 맷돌을
돌리면서
못다 끊은 허기를
갈면서
살아온 사람들
자식 하나 기대어 바라보니
부황 난 하늘 머리엔
어린것들
청보리 그늘로
눈물잠을 자누나

찍어라, 쇠스랑

바댕이 · 21

찍어라, 쇠스랑
피 묻은 잠뱅이 밑으로
흔들리는 바람을 어쩌지 못해
마당가 악마구리
저리 우느냐.

메나리 목청으로
휘어드는 계집
파묻은 씨감자
밥사발로 비우고
엉겅퀴 땅마다 황소 풀무질.

머슴아
더부살이 십여 년
억울한 백성
밑씻개가 없어서
엉거주춤
쐐기풀 자국마다 쓰리운 하늘

어찌할 거냐

찍어라, 머슴
고랑고랑 엎드린
욕망의 더께
쇠비듬 질경이 억새풀 따위
오, 불가사리 목숨의 더께
찍어라, 쇠스랑

봄날

바댕이 · 28

누구 하나
떠도는 영혼 건져 올리나

진달래 무너져 붉은
강가에

한나절
두견이 자지러져

여름

바댕이 · 27

발가벗은 미루나무
사이
강물은 눕고

소나기 끝에 일어서는
풀밭으로
달려가는 바람

저 쪽빛 아지랑이

햇살 물고 반짝이는 눈
어이하여
이 가슴에 살게 하는지.

가을이면

바댕이 · 26

가을이면 말 못 하는 당신
당신처럼
떠나고 싶어
오늘은 능금 한 알 깨물고
단풍 듭니다.

겨울강

바댕이 · 25

아아한 세월

눈보라에 싸인
어머니,
무명의 사랑

어디쯤 가고 계신가.

하늬바람
한 자락 깔고
시린 겨울강은 웁니다.

유명해지면서
바댕이 · 30

내 고향 팔당은
유명해지면서
내내 나를 모른 체하네.

푸르른 옷도 벗어 던지고
붉은 가슴 드러내면서
대중가요나 따라다니네.

밤마다는
물먹은 달빛을
문전에 걸고
발가락만 달랑거리니

소리쳐도 귀먹은 바람
떠나는 마당가에서
늙은 살구나무로 울고 섰을 뿐

내 고향 바댕이

화려해지면서
내내 나를 모른 체하네.

강가에 서서

바댕이 · 29

고향 바댕이는
팔당八堂
여덟 당집 당골
어느 문전 빌어, 내 태어났을까.

그립다, 한 많은
냉수 사발
이 빠진 사랑으로
채워 가면서
저 강물 흘러
바람 소리로
눈 뜨고 살아왔으니

핏빛으로 저무는
강가에 서서
이제는 어느 당집 있어, 내 돌아갈 곳
물을 것인가.

시인의 산문

향수유감 鄕愁有感

올봄은 유난히도 고향이 그립다. 앞산 골짜기에 눈빛이 스러지는 사월이면, 으레 진달래가 곱게 물들던 산하. 먼 강줄기를 타고 새벽 안갯발이 마을을 감쌀 땐, 복사꽃, 살구꽃이 한 폭의 그림처럼 따뜻했다. 지금은 사라진 열차의 기적 소리를 따라 학교 길을 오르던 시절, 그 고향이 오늘은 눈물 나게 그리운 것이다. 동요 속의 '고향의 봄'을 흥얼거리는 자신이 왠지 고아인 양 서글프다. 동심의 세계처럼 순박한 것도 없다지만, 요즘같이 바쁜 도시 생활 속에서는 아무래도 처량하기만 하다.

누구에게나 고향에 대한 향수란 그림처럼 아름다운 것. 그러나 절박한 현실 때문이라면 그처럼 아름답지만도 않은 것 같다. 그것이 꿈의 고향이건 삶의 고향이건 간에 그리워지는 마음은 쓸쓸하다. 어쩌면 도시 생활에 찌든 소시민의 헐벗은 마음에는 고향이란 아예 생각조차 하기 싫은 것인지도 모른다. 그렇다면 나처럼 철따라 호사스런 생각을 누리는 것만도 다복한 일일까.

내 집은 미아리 고개 밑 재개발 지구의 작고 허름한 적산 가옥이다. 지난가을부터 재개발 사업이 시작되어 지금도 한창 진행 중이다. 그래도 봄이면 뻐꾸기가 와서 울던 뒷산, 이제는 하루 종일 돌 깨는 소리와 웅웅거리는 트랙터 소리, 어수선하게 헐려 나가는 집들, 새로 솟아오르는 건물의 골조, 이런 것들로 살풍경을 이루고 있다. 오륙 년 전만 해도 이 미아리 산9번지 일대는 게딱지 같은 판자촌으로 가득 차 있었다. 그것이 도시 조경 사업인가 정화 사업인가 하는 것으로 고지대 주민들이 밀려나고 녹지가 되었다. 그러던 것이 지난 늦가을부터는 재개발 사업이 시작되면서 저지대 주민들까지도 일부는 어디론가 떠나고, 일부는 연립주택이 들어서기까지 갈 곳이 없어 뒷산 숲속에 천막촌을 이루고 겨울을 났다.

지난겨울, 그 혹독한 추위를 펄럭거리는 천막 한 장으로 가리고 깊고 어두운 마음을 달래며 지낸 이웃을 알고 있다. 또 밀려난 이웃은 어디에서 어떻게 밀려나고 있을까도 생각해 본다. 대대로 서럽던 가난을 떨쳐 버리자고 모질게 고향을 버리고 떠나온 사람들, 순박한 그들 앞에 무능과 무기력을 탓하기 전에 그들의 아픔이 무엇인가, 또 그 헐벗은 상처를 싸매 줄 손길이 무엇일까 생각해 본다.

도시의 개발 정비는 발전하는 도시의 미관상이나 환경 정화를 위해서도 필요한 일이다. 그러나 그러한 정책에 따른 최대한의 대책이 주민들을 위해 제도적으로 보장되어야 하며, 하루살이 인생일망정 최소한 국민의 권리가 침해되어서는 안될 것이다. 이것은 복지사회를 원하는 온 국민들의 소망일 것이다.

훈훈한 인정미 넘치던 이웃은 이제 속이고 속아 헐뜯지 못해 충혈된 눈으로 서로를 의심하며 시기하고, 매연에 찌든 썩은 인정은 돈밖에 보이는 것이 없어, 거리마다 두꺼운 벽은 높아만 가고 있다. 인정의 껍질만 쓰고 사는 시대, 이웃이 없는 사회. 과연 이 시대와 시대인이 남기고 갈 위대한 유산이란 무엇일까.

솔직히 고백하거니와, 나도 정든 고향을 떠나 서울로 옮겨 온 것이 십오륙 년 전. 미아리 북선동 하면 그 당시만도 변두리 빈촌이었다. 그간에 조촐한 장삿속으로 남들은 돈푼이나 모은 것으로 안다. 하긴 허름하긴 했어도 당시 집 세 채를 장만했었으니까. 그러나 우리도 도시 개발 사업이 진행되면서 이 떨칠 수 없는 가난의 운명은 집요하게 달라붙기 시작했다. 갑자기 두 채의 집이 시커먼 길바닥으로 둔갑해 버린 것이다. 그로부터 내 얄팍한 봉투 끝에 매달린 가계는 헛소리뿐이었다. 보상금이란 것, 그것은 합법적인 것뿐이지 결코 현실적인 것은 아니었다. 우리는 날벼락 속에 겨우 남은 한 채의 집으로 이사를 했다.

그것이 사 년 전의 일. 오늘은 그것마저 재개발 확장 사업으로 허공에 뜨고 말았다. 이제는 '재개발' 소리만 들어도 골머리가 아프다. 어디로 가야 할 것인가. 자고로 송충이는 솔잎을 먹고 살아야 한다던가. 가난하고 힘겹던 농부의 탈을 벗고 도시인의 허황된 꿈으로 살아온 십오륙 년. 절약, 저축, 근면, 검소 ― 그것의 결과는 지금 재개발의 남포질 소리에 깨어져 나가고 있다.

문득문득 돌아가고도 싶은 고향이건만 돌아갈 수 없는 고향. 그러기에 더욱 그리워지는 것인가, 쓸쓸해지는 것인가. 노부모와 어린것들을 돌아보며 우리 내외는 가끔씩 허탈한 웃음을 주고받는다. 무슨 할 말이 있고, 무슨 말이 위로가 되랴.

가야 할 곳도 오랄 곳도 없지만 몇 개월 후면 이 비좁고 낡은 적산 가옥일망정 정든 보금자리를 떠나야 한다. 집 없는 설움이 이 땅에 어디 우리뿐이겠는가, 이렇게 스스로 위로해 보기도 하지만, 집 없는 설움 때문일까, 무능하고 어리석은 아집 때문일까. 이 봄은 유난히도 어린 시절 고향이 그리운 것을 주체할 길이 없다.

푸른 하늘에 닿을 듯이
세월에 불타고 우뚝 남아 서서
차라리 봄도 꽃 피진 말아라

육사陸史의 시 한 구절이 문득 떠오르는 건 이 무슨 치졸
한 마음이냐. 그러나 아직도 펄럭이는 천막 자락을 여미는
이웃을 생각할 때, 밀려나 유랑민처럼 문전으로 흘러 다닐
이웃을 생각할 때, 다시 한번 허리띠를 졸라매는 것이다.
어디쯤 새로운 삶의 싹이 슬기롭게 봄빛을 타고 자라나고
있기를 기원하면서.

(1980년 3월)

왜 사냐건 웃지요

K형을 따라 충청도 이 산간벽지 마을에 도착한 것은 어제. 이곳은 K형의 고향이다. 서울서 고학을 하다시피 대학 시절을 보내던 K형의 모습이 떠오른다. 그로부터 십여 년 후, 이제 향리에 돌아와 늙으신 노모를 모시고 농사를 지으며, 한편 어린 시절의 모교에서 후배들을 가르치고 있는 것이다. 그간에 안정된 그의 생활 모습은 소박한 그대로였다. 집 뒤로는 빨갛게 익어 가는 감이 수줍어 볼 붉힌 아가씨처럼 고개를 숙인 채 가을의 정취를 말해 주고 있었다. 모처럼의 손님이라고 신경을 쓰는 K형 내외의 정성에 이 도시인의 부끄러움은 어인 까닭인가?

저녁 후에 K형과 마을 동산을 넘었다. 산책 겸 밤낚시를

나온 것이다. 오랜만의 해후로 호젓한 시간을 갖자는 K형의 뜻인 듯했다. 밤길을 더듬어 솔숲을 빠져나오자 커다란 호수가 나타났다. 호수는 잔잔한 어둠 속에 누워 있었다. 호면 가득히 이는 안개가 밤의 적막을 싸고 신비로움을 더해 주고 있었다. 풀벌레조차 울지 않았다. 그것은 나의 온 신경이 밤 호수의 적막 속에 빠져 버린 탓일까? 정말 나는 이 뜻밖의 신비 속에 갇힌 채, 온몸이 저리도록 파고드는 고독감에 그만 넋을 잃고 말았다. 그것은 말로 형용키 어려운 고적함이랄까, 외롭고 쓸쓸하고 허전한 비감이랄까. 이러한 감각의 혼란은 차라리 감미롭기까지 한 것이었다. 자연의 조화와 신비 속에 나는 그대로 침몰당하고 말았다.

K형은 낚싯대를 드리우고, 카바이드 불빛을 밝혔다. 어둠을 가르고 호면 깊숙이 떨어지는 불빛, 불빛 위로 몇 마리 날벌레가 선을 그으며 사라진다. K형의 눈빛이 호심 깊이 가라앉는다. 이 신비한 호수의 전설이라도 읽어 가는 것일까. 우리는 망아의 경지 속에 천년 설화의 밤을 보내고 있는 것이었다. 이따금 정적을 깨고 물고기들이 우리의 대화를 엿듣기라도 하듯 수면으로 머리를 내밀곤 사라진다. 문득 솔바람을 타고 목이 쉰 부엉이 소리가 들려온다. 부엉, 부우엉……. 처량하고 청승스러운 부엉이 울음소리 ― 어린 시절엔 그토록 무서워했던 부엉이 소리까지

왠지 잃어버린 고향 소식을 듣는 것만 같았다.

밤이슬이 촉촉히 어깨를 감싼다. K형은 마른 건초를 모아 불을 지핀다. 연기가 자욱이 호면을 타고 비단결처럼 깔려 나간다. 건너편 호안은 어둠과 안개와 연기에 가려 마치 내세를 보듯 알 수가 없다. 이렇듯 아름답고 신비롭고 포근한 적막의 비경을 어디서 또 느낄 수 있단 말인가. 자연은 인간의 위대한 어머니. 그 위대한 모성의 품에 안긴 인간의 삶이 참으로 희로애락과 생로병사의 아귀다툼이라 생각하니 허망함을 절감할 뿐이다. 무소유가 진정한 소유라는 걸 또 한 번 느낀다.

스산한 바람이 불어 옷깃을 여미게 하더니, 기어이 흐린 날씨에 빗방울이 듣기 시작한다. 시간이 얼마나 흘렀는지, 그것은 아무도 알려 하지 않았다. 이 순간순간의 소중한 삶의 아름다움을 우리는 만끽하고 있었기 때문이었다. 낚시를 거두고 말없이 깊은 밤길을 돌아오고 있었다. 차가운 가을 밤비가 신비의 환상에서 깨어나 비정의 현실로 돌아오게 한 것이었다. 나는 아무 말로도 K형에게 나의 느낌을 설명하진 않았다. 그러나 그의 마음을 짚으려는 나의 생각은 버리지 못했다.

"K형, 서울 생각 없소? 어떻소, 이 적막감도 견딜 만한가요?"

K형은 빙그레 웃을 뿐이다. 그 웃는 표정을 본 순간 나

는 갑자기 얼굴이 확 달아오름을 느꼈다. 그것은 내가 본 가장 소박하고 소탈한 표정이었다. 세속에 찌든 어둔한 마음의 부끄러운 질문이었다. 대학 시절, 문학에 뜻을 두었던 K형. 김상용의 「남으로 창을 내겠소」를 즐겨 이야기하던 K형. 전원파 시인으로서의 깊은 인생 철학을 "왜 사냐건 웃지요"라는 한마디로 함축했다고 역설하던 K형의 인생을 이제야 조금은 이해할 것 같았다.

남으로 창을 내겠소.
밭이 한참갈이
괭이로 파고
호미론 풀을 매지요.

구름이 꼬인다 갈 리 있소.
새 노래는 공으로 들으랴오.
강냉이가 익걸랑
함께 와 자셔도 좋소.

왜 사냐건
웃지요.

이튿날, K형의 학교 교정에서 우리는 작별을 나누었다.

양지바른 언덕에 자리 잡은 아담한 학교. 때마침 등굣길의 학생들이 해맑은 표정으로 달려와 인사를 한다. 가을 이슬에 영근 과일마냥 꿈이 가득 어린 얼굴들. 그 뒤엔 파란 하늘이 더욱 높아 보인다. 어린 손들이 가꾼 화단에는 정성을 담뿍 안은 빨간 샐비어와 코스모스가 동심처럼 웃고 있었다.

지금, 나는 또다시 도시의 아우성 속으로 가고 있는 것이다. 그러나 꿈같은 하룻밤의 이 여행에서 느낀 자연의 신비로움과 한 인간의 숭고한 삶의 모습은, 도시 생활의 속진俗塵을 씻어 내는 한 청량제로 삼을 것이며, 또한 내 인생길의 어둠을 여러모로 비추어 줄 것이라 생각한다.

"오 형, 고맙소. 틈이 나거든 또 들러 주시오."

K형의 모습이 어리는 차창가엔 가을 풍경이 아름답게 스치고 있었다.

(1980년 9월)

주는 마음, 갖는 마음

갖고 싶어 하는 마음, 그것은 어른이나 어린이나 대상의 차이뿐 별반 다를 것이 없다. 우리의 삶 자체가 소유의 태반으로 형성되었다고 믿기 때문이다. 그리고 주는 마음, 그것 또한 상대성이다. 인간의 선미善美한 바탕에서 베푸는 일이 심리 심층에서 오는 만족이라는 쾌감을 갖기 때문이다.

나는 한때 골동품에 관심이 있어, 깨어지고 이 빠진 그릇들만 모은 적이 있다. 솔직히, 연대나 질, 상태 같은 것을 떠나 그저 옛것의 체취에 심취해 있었으며, 또한 훌륭한 그런 것들은 경제가 허락지도 않았던 까닭이다. 그중에도 연적硯滴은 형태가 다양하고 시인 묵객들의 손때가 따뜻해

가장 좋아했다.

한 삼사 년, 나의 골동 소유, 그 갖고 싶어 하던 마음은 어느 정도 채워지고 있었다. 그런데 나는 별반 대수롭지 않게 이것들을 나누어 주고 말았다. 아끼고 사랑하던 것들을 거의 다 나누어 준 후에, 나는 더러 후회도 하고 아까워도 했다. 그러나 진정 가슴 아픈 일은 그것들이 가 놓인 곳이 내 집보다도 천박하게 굴러다닐 때의 일이다.

일전 친구 집을 방문한 적이 있다. 비와 쥐 오줌으로 얼룩진 천장을 바라보다가 나는 새삼 놀라고 말았다. 거기에는 한 폭의 시화가, 예쁘게 낙관까지 찍힌 시화 한 폭이 뚫어진 쥐구멍을 막고 있었다. 기막힌 일이었다. 몇 해 전 모 시인이 내게 준 친필 시화 작품이었다. 하도 갖고 싶어 하기에 한 폭을 주었더니, 아, 이를 어쩌랴. 잠자리에 누워서나 감상한다니, 참으로 어처구니없는 일이다. 사람이 환경따라 변한다 해도 이렇게 마음까지 궁색해졌을 줄이야. 나는 그날 몹시 쓸쓸한 마음으로 돌아오고 말았다.

생각하면 주고받는 일이란 정리情理다. 주는 마음이 갖는 마음이 되고, 갖는 마음, 받는 마음이 주는 마음과 한올이 되어야 우리의 삶도 더욱 따뜻해지지 않을까 생각한다. 주는 마음과 갖는 마음이 실상 무엇이 다르랴.

(1981년 1월)

연보

1943년 음력 9월 16일 경기도 양주군(현 남양주시) 와부읍 팔당
　　　　 리에서 부친 오봉옥과 모친 이한갑 사이에 막내로 태
　　　　 어남.

1950년 7세 덕소국민학교 입학.

1958년 15세 청량중학교 입학.

1961년 18세 덕수상업고등학교(현 덕수고등학교) 입학.

1964년 21세 성균관대학교 문과대학 국어국문학과 입학.

1966년 23세 군 입대.

1968년 25세 11월 임봉순과 결혼.

1969년 26세 군 제대.

1971년 28세 1월 장녀 은지 태어남.

　　　　 성균관대학교 국어국문학과 졸업.

　　　　 수원 삼일실업고등학교 국어교사로 부임.

1972년 29세 서울 동대문중학교 국어교사로 부임.

1973년 30세 5월 차녀 지향 태어남.

1975년 32세 상명여자사범대학 부속여자고등학교 국어교사로 부임.

1976년 33세 9월 장남 윤석 태어남.

1977년 34세 국민대 대학원 국어국문학과 수료.

1978년 35세 동덕여고 국어교사로 부임.

1979년 36세 『시문학』으로 등단.

1983년 40세 11월 첫 시집 『사랑넓이』(동천사) 출간.

1991년 48세 9월 두 번째 시집 『가을이면 당신도 물들 겁니다』(작
가정신) 출간.

2000년 57세 3월 동덕여고 교감으로 발령.

2003년 60세 3월 동덕여중 교장으로 발령.

2004년 61세 10월 세 번째 시집 『서리가 내릴 무렵』(문예미학사)
출간.

2006년 63세 2월 동덕여중 교장으로 정년퇴직.

2022년 79세 고향 바댕이에서 텃밭을 가꾸고 있음.

오수일 시선집

가을날 저 황금나무가

초판 1쇄 발행 2022년 10월 11일

지은이 오수일
펴낸이 오은지
책임편집 변홍철
편집 오은지 변우빈
표지 디자인 정효진
제작 세걸음

펴낸곳 도서출판 한티재   등록 2010년 4월 12일 제2010-000010호
주소 42087 대구시 수성구 달구벌대로 492길 15
전화 053-743-8368   팩스 053-743-8367
전자우편 hantibooks@gmail.com
블로그 blog.naver.com/hanti_books
한티재 온라인 책창고 hantijae-bookstore.com

ⓒ 오수일 2022
ISBN 979-11-92455-15-0 03810